용용의
학교 점령기

용용의 학교 점령기

오시은 글 은돌이 그림

바람의아이들

차례

작은 숲에 작은 연못이 하나 있어.

연못은 쪼끄매서 잘 보이지 않아. 너무 작아서 얼핏 보면 물웅덩이 같지. 하지만 물속은 아주 넓어. 용 한 마리가 살 정도는 되거든. 연못에 사는 용의 이름은 용용이야. 어느 날 용용은 물 밖으로 얼굴을 삐죽 내밀었어. 그때 어디선가 종이가 날아와 얼굴에 달라붙었지. 종이에는 글자가 빼곡했는데 맨 위에는 이렇게 적혀 있었어.

입학 통지서

용용은 종이에 적힌 내용을 눈으로 죽 읽었어. 학교에 오라는 내용이었지.

"오, 초대장이군용."

신이 난 용용은 물 밖으로 쑥 나왔어. 용용의 몸 색깔은 여린 나뭇잎을 닮은 연둣빛이었어. 얼굴은 동글동글하고, 몸매는 둥실둥실했지. 등 아래에는 꼬리가 달려 있었는데 고깔모자랑 생김새가 비슷했어. 용용이 물 밖으로 완전히 나온 건 어림잡아서 100년 만이었어. 용용은 몸을 부르르 떨어 물기를 털어 냈어. 그리고 부드러운 콧김을 내뿜고 발걸음을 뗐지. 성큼성큼 걷고 총총총 뛰다가 나중엔 우다다다다 달렸어. 그러다 보니 어느새 학교가 눈앞에 나타났어.

입학 통지서
입학 통지서

규칙을 지켜요

속이 후련할 만큼 탁 트인 운동장을 본 용용은 푸르릉 콧김을 내뿜었어. 기분이 좋다는 뜻이었지. 그때 누군가 용용을 불러 세웠어.

"잠깐!"

목소리의 주인공은 교장 선생님이었어. 교장 선생님은 생김새가 호랑이를 닮았어. 눈썹은 빗자루 털만큼 빳빳하고, 눈은 불을 켠 것처럼 부리부리하고, 콧구멍은 커다란 동굴처럼 넓고, 입은 주걱으로 밥을 먹을 정도로 컸어. 교장 선생님이 눈동자를 데구루루 굴리며 물었어.

"넌 누구냐?"

"용용인데용. 누구세용?"

"나는 이 학교 교장이다."

"그런데용?"

교장 선생님은 타이르듯 부드러운 목소리로 말했어.

"교장은 학교의 최고 책임자다."

"그래서용?"

교장 선생님은 입맛을 쩝 다시고 물었어.

"여기는 왜 온 거냐?"

용용은 생각났다는 듯 입학통지서를 내밀었어. 종이랑 용용을 번갈아 보던 교장 선생님은 복도 끝에 있는 교실을 가리켰어.

"저기로 가거라."

용용이 교실을 향해 돌아서는데 교장 선생님이 급하게 외쳤어.

"잠깐, 잠깐!"

교장 선생님은 용용의 발을 내려다봤어.

"이것 봐라. 흙투성이잖니."

용용은 한쪽 발을 번갈아 종아리에 비벼 흙을 털어 냈어.

"이제 됐어용?"

교장 선생님이 고개를 끄덕이자 용용은 교실로 갔어. 한 세 걸음쯤 걸었을까? 교장 선생님이 다시 용용을 불렀어.

"잠깐, 잠깐!"

"또 왜용?"

이번엔 용용의 꼬리가 문제였어. 교장 선생님이 마뜩잖은 목소리로 말했어.

"꼬리가 바닥을 쿵쿵 때려서 소리가 나니까 세우

고 걸으면 좋겠구나."

용용은 뿌루퉁한 얼굴로 말했어.

"이건 원래 그래용."

교장 선생님은 고개를 가로저었어.

"그래도 안 돼. 학교에 다니려면 규칙을 잘 따라야지. 여기 봐라."

교장 선생님이 가리킨 곳엔 이렇게 적혀 있었어.

-조용한 걸음, 예의 바른 마음-

용용은 푸쉬식 콧김을 내뿜었어. 푸쉬식 콧김은 기분이 나쁠 때 나오는 건데 앞을 흐릿하게 만들 정도로 연기가 자욱했지. 교장 선생님은 팔을 휘휘 저어 연기를 흩트렸어.

"이렇게 콧김을 내뿜어도 안 돼."

"왜용?"

교장 선생님이 차분하게 설명했어.

"단체 생활에서는 위생 관리를 잘해야 해. 함부로 침을 뱉어도 안 되고, 침을 튀기며 말을 해서도 안 되지. 기침이나 재채기할 때는 옷소매로 가려야 해. 그래야 감기 같은 전염병을 옮기지 않을 수 있거든."

"저는 병균이 아닌데용."

"그래도 안 돼. 규칙은 규칙이야. 콧김은 몸에서 나오는 거니까 침이나 마찬가지잖니. 그러니까 콧김을 내뿜으면 안 되는 거야."

용용은 입술을 삐죽였어.

"도대체 되는 건 뭐예용?"

교장 선생님이 뒷짐을 지며 말했어.

"흙을 묻히고 교실에 들어가지 않는 것, 조용히

걷는 것, 콧김을 내뿜지 않는 것."

"치사하네용."

교장 선생님이 타이르듯 말했어.

"그런 말도 안 돼. 고운 말을 써야지. 그게 규칙이거든. 규칙은 말이다……."

교장 선생님이 설명을 이어 가려는데 때마침 아이들이 우르르 몰려들었어. 아이들은 교장 선생님에게 인사하고, 친구에게 인사하고, 이리 뛰고 저리 뛰며 서로의 이름을 불러 댔지. 교장 선생님은 아이들에게 끊임없이 말했어.

"어허, 뛰지 마라."

"소리 지르면 안 되지."

"친구에게 욕을 하면 못써."

"그렇게 밀면 안 돼요. 이러다 다치겠다."

아이들 틈바구니에서 쩔쩔매는 교장 선생님을 보고 용용이 물었어.

“교장 선생님은 잔소리쟁이세용?”

당황한 교장 선생님 눈이 동그래졌어.

“뭐, 뭐어?”

용용의 말을 들은 아이들이 키득댔어. “잔소리쟁이”, “잔소리쟁이” 하고 따라 하기도 했지. 멋쩍어진 교장 선생님은 헛기침을 했어.

“흠흠, 선생님한테 잔소리쟁이라니. 그런 버릇없는 말은 쓰지 않는 게 좋겠구나.”

"하지만 처음 봤을 때부터 지금까지 계속 잔소리만 하고 있잖아용."

아이들이 용용을 편들었어.

"맞아요."

"교장 선생님은 잔소리쟁이예요."

교장 선생님은 억울했어. 아이들이 안전하게 학교생활을 할 수 있도록 도우려던 것뿐인데 잔소리나 하는 나쁜 선생님이 된 기분이 들었거든. 교장 선생님은 변명하듯 말했어.

"허허, 내가 하는 말은 잔소리가 아니라 규칙이라니까."

한 아이가 대꾸했어.

"같은 말만 계속하니까 잔소리 같아요."

아이들은 맞장구를 쳤지.

"맞아요."

"잔소리예요."

교장 선생님은 말을 얼버무렸어.

"어허, 이러니 선생 똥은 개도 안 먹는다고 하지……."

용용의 눈이 호기심으로 반짝였어.

"그게 무슨 말이에용?"

교장 선생님은 쏟아 내듯 말했어.

"선생님은 속이 시커멓게 타서 똥도 맛이 없다는 얘기야. 그러니까 선생 똥은 개도 안 먹는다는 말이 생긴 거고."

아이들의 질문이 쏟아졌어.

"왜 시커메요?"

"속이 타서 똥도 탔어요?"

"속이 왜 타요?"

"배 속에 불이 났어요?"

교장 선생님은 질문이 잦아들기를 기다렸다 입을 열었지.

"그 말이 무슨 말인가 하면, 선생님은 속이 새까맣게 타 버릴 만큼 걱정이 많다는 뜻이야. 학교에서 아이들이 다치기라도 하면 어쩌나, 서로 싸우면 어쩌나, 친구를 때리면 어쩌나, 학교에 다니기 싫다고 하면 어쩌나, 배탈이 나면 어쩌나, 공부를 재미없어 하면 어쩌나, 나쁜 말을 하거나 나쁜 생각을 하면 어쩌나 쉴 새 없이 걱정하는 거지. 그렇게 걱정하다 보니 속이 시커멓게 탄다는 말이 나온 거다."

그제야 아이들이 고개를 주억거렸어.

"그렇구나."

아이들의 반응을 본 교장 선생님은 흐뭇했지.

"이제 교장 선생님이 왜 자꾸 규칙을 얘기하는지 알 수 있겠지?"

교장 선생님은 귀를 쫑긋 세우고 아이들의 답변을 기다렸어. 하지만 아무런 대꾸도 없었지. 교장 선생님은 어리둥절한 얼굴로 용용과 아이들을 둘러봤어.

"왜 다들 대답이 없는 거니?"

그래도 아이들은 잠잠했어. 교장 선생님은 "휴" 하고 한숨을 내쉬었어. 몇 십 년 동안이나 아이들을 가르쳤는데 여전히 힘들다는 생각이 들었거든. 그때 용용이 말했어.

"선생님이 지켜야 할 규칙은 없나용?"

교장 선생님이 되물었어.

"그게 무슨 말이냐?"

"학생이 지켜야 하는 규칙이 있는 것처럼 선생님이 지켜야 할 규칙이 있냐고 묻는 거예용."

그 말을 들은 아이들이 두런댔어. 선생님한테도 규칙이 필요하다고 생각하는 눈치들이었지. 교장 선생님은 "큼큼" 헛기침을 하고 말했어.

"좋은 질문이구나. 하지만 선생님들은 이미 규칙을 잘 지키고 있단다. 학생들이 보고 따라 할 수 있도록 언제나 반듯한 모습을 보이고 계시거든."

아이들 입에서 실망하는 소리가 터져 나왔어.

"에이~"

"그런 거 말고요."

교장 선생님은 어리둥절한 표정을 지었어. 아이들의 반응을 이해할 수 없었던 거지. 교장 선생님은 용용을 바라봤어. 교장 선생님과 눈이 마주친 용용은 어깨를 으쓱였지. 그리고 덧붙이듯 말했어.

"선생님들한테도 규칙이 따로 있어야 할 것 같은데용."

교장 선생님은 곰곰이 생각했어. 따지고 보면 학교에 있는 규칙은 대부분 학생이 지켜야 하는 것들이었어. 그러니까 학생이 지킬 규칙만 있고 선생님이 지켜야 할 규칙이 없다면 어쩐지 불공평하다고 느낄 것도 같았지. 생각을 정리한 교장 선생님이 말했어.

"알겠다, 알겠어. 학생이 지켜야 하는 규칙 말고

선생님이 지킬 규칙이 따로 있다 이 말이지?”

그제야 아이들이 한목소리로 대답했어.

“네!”

“그럼, 너희들이 생각하기에 선생님에게 어떤 규칙이 필요한 것 같니?”

이어진 질문에 아이들이 앞다퉈 목소리를 높였어. 한꺼번에 말하는 통에 무슨 말인지 하나도 알아들을 수 없었지. 당황한 교장 선생님은 이마에 땀이 배어 나왔어. 보다 못한 용용이 나섰어.

“이렇게 하면 어때용?”

용용의 말은 꽤 효과가 있었어. 아이들은 저마다 하던 말을 뚝 끊고 용용을 바라봤지. 교장 선생님은 뒤춤에서 손수건을 꺼내 얼굴과 손에 밴 땀을 닦았어. 용용은 교장 선생님이 손수건을 다시 주머니에 넣는 걸 지켜본 뒤 입을 열었어.

“학생과 선생님이 서로 규칙을 하나씩 말하는 거

예용. 그걸로 선생님이 지켜야 할 규칙도 정하면 되잖아용."

교장 선생님은 용용의 말이 그럴듯하다고 생각했어.

"좋다. 그럼 내가 학생이 지켜야 할 규칙을 얘기할 테니 한 명씩 선생님이 지키면 좋을 규칙을 얘기해 보자."

아이들은 이번에도 한목소리로 대답했어.

"네."

용용은 앞으로 나섰어.

"제가 받아 적을게용."

옆에 있던 아이가 용용에게 종이와 연필을 건넸지. 교장 선생님은 고개를 끄덕이고 아이들을 보며 말했어.

"첫 번째 규칙은, 교실과 복도와 계단에서는 뛰지 않고 천천히 걷습니다."

용용은 교장 선생님의 말을 종이에 옮겨 적었어. 용용이 다 적었을 즈음 한 아이가 말했지.

"차별하지 마세요."

교장 선생님은 고개를 끄덕였어.

"아주 중요한 규칙이네요. 좋아요."

용용은 아이가 말한 규칙도 종이에 적었어. 다음은 교장 선생님 차례였어.

"소리를 지르지 않습니다."

교장 선생님의 말이 끝나자 다른 아이가 말했지.

"명령하지 마세요."

다시 교장 선생님이 말했어.

"시간을 잘 지키세요."

또 다른 아이가 말했어.

"말을 끝까지 들어 주세요."

그 뒤로도 교장 선생님과 아이들은 서로가 지켜야 할 규칙에 대해 이어 말했어.

교장 선생님은 "욕을 하지 마세요" "친구를 때리지 마세요" "고운 말을 쓰세요" "예의 바른 행동을 하세요"라고 했고, 아이들은 "몰래 코딱지를 튕기지 마세요" "비밀을 지켜 주세요" "반말로 얘기하지 마세요" "놀이를 방해하지 마세요" "강요하지 마세요"라고 했어. 아이들이 요구하는 규칙은 조금씩 겹치기도 했지만 어쨌거나 모두 한마디씩 했어.

교장 선생님은 아이들이 말하는 규칙을 들을 때마다 속으로 좀 놀랐어. 그동안 아이들에게 반말로 얘기한 적도 있고, 보는 사람이 없을 때는 코딱지를 튕긴 적도 있었거든. 그리고 아이들에게 놀지만 말고 책을 보라는 말도 많이 했어. 교장 선생님은 앞으로는 조심해야겠다고 생각을 했어. 그리고 생각보다 선생님이 지켜야 할 규칙이 많다는 것도 알게 되었지.

"이 정도면 충분한 거 같은데, 혹시 더 말하고 싶

은 게 있니? 아니, 있나요?"

교장 선생님은 반말로 물었다가 얼른 고쳐 말했어. 교장 선생님의 질문에 손을 드는 아이는 없었어.

그때 용용이 나섰지.

"잔소리를 하지 마세용."

용용은 자기가 한 말을 마지막으로 적고 교장 선생님에게 종이를 건넸어. 교장 선생님은 종이에 적힌 걸 눈으로 훑어보고 말했어.

"아주 잘 적었네요. 수고했어요."

용용은 푸르릉 콧김을 내뿜고 싶었지만 그러면 안 된다는 말이 떠올랐지. 그래서 콧김을 내뿜는 대신 이렇게 말했어.

"처음으로 칭찬을 하시네용."

교장 선생님이 멋쩍어하는 표정에 아이들은 큭큭큭 웃음을 터뜨렸지.

그때 벽에 달린 스피커에서 수업 시작을 알리는

교실과 복도와 계단에서는 뛰지 않고
천천히 걷습니다.
친구를 때리지 마세요.
차별하지 마세요.
소리를 지르지 않습니다.
명령하지 마세요.
욕을 하지 마세요.
시간을 잘 지키세요.
말을 끝까지 들어주세요.
반말로 이야기하지 마세요.
지켜주세요.
코딱지를
지 마세요.

음악 소리가 울렸지. 교장 선생님은 시간을 확인하고 말했어.

"우리가 함께 정한 규칙을 모두 볼 수 있도록 크게 만들어서 붙여 놓을게요. 만약 보태고 싶은 규칙이 생각나면 언제든 교장실로 와서 얘기해 주세요. 학교생활을 즐겁고 신나게 할 수 있는 규칙이라면 얼마든지 환영입니다. 알겠죠?"

아이들은 큰 목소리로 대답했어.

"네."

"자, 이제 수업하러 교실로 가 주세요."

그 말을 끝으로 아이들은 하나둘 교실로 향했어. 우두커니 서 있는 용용을 보고 교장 선생님이 말했어.

"친구들과 함께 공부하러 가야죠."

용용은 씩 웃으며 대답했어.

"교장 선생님은 생각보다 훨씬 좋은 분이네용."

교장 선생님 얼굴이 발갛게 물들었어.

용용이 교실로 가기 위해 돌아서자 교장 선생님은 손에 든 종이를 다시 봤어. 아이들이 얘기한 규칙이 썩 그럴싸하다는 생각이 들었어. 용용이 아이들과 무사히 교실로 들어간 걸 확인한 교장 선생님은 콧노래를 흥얼거리며 교장실로 갔지.

교장 선생님은 새로운 규칙을 모두가 볼 수 있게 만들 생각에 마음이 바빠졌어. 책상에 앉은 교장 선생님은 선생님이 되길 잘했다고 생각했어. 그리고 이런 생각을 갖게 해 준 용용과 아이들에게 고마운 마음이 들었지.

사과를 해요

담임 선생님은 문 앞에 서서 교실로 들어오는 아이들에게 인사를 건넸어.

"어서 와요."

"반가워요."

"좋은 아침이에요."

그러다 용용을 발견하고 물었지.

"우리 반 학생인가요?"

"오늘 학교에 처음 온 용용입니다용."

선생님은 환하게 웃으며 용용을 반겼어.

“환영해요.”

선생님은 아무것도 없는 용용에게 교과서와 필기 도구를 챙겨 주었어. 그리고 용용이 어디에 앉으면 좋을지 알려 주었지. 마침 용용이 앉을 수 있는 빈자리는 하나밖에 없었어. 용용 옆자리에 앉은 짝꿍은 머리가 덥수룩한 남자아이였어. 용용은 짝꿍에게 인사를 했어.

“만나서 반갑다용.”

그런데 짝꿍은 용용을 힐긋 보기만 할 뿐 인사하지 않았어. 용용은 멋쩍은 기분이 들었어. 자기가 뭘 잘못했나, 그래서 짝꿍이 대답하지 않는 건가 생각했지. 하지만 처음 만난 사이니까 잘못하고 말 것도 없었어. 먼저 인사를 한 게 잘못은 아니잖아. 용용은 짝꿍에게 다시 말을 붙였어.

“왜 대꾸를 하지 않냐용?”

그 말을 들은 짝꿍이 용용을 노려봤어. 그리고 아주 험상궂은 얼굴로 말했지.

"귀찮으니까 말 시키지 마."

용용은 이렇게 심통 맞은 아이는 처음이었어. 생각 같아선 파바방 콧김을 내뿜고 싶었지. 파바방 콧김 한 방이면 정신이 번쩍 들고, 금세 잘못을 뉘우치게 될 테니까. 하지만 콧김을 내뿜으면 안 된다는 규칙이 떠올라 그만두기로 했지.

잠시 뒤 선생님이 말했어.

"이번 시간은 수학입니다. 모두 수학 책을 꺼내서 십이 쪽을 펴세요. 그리고 연필 한 자루와 지우개 하나를 책상에 올려놓으세요."

아이들은 선생님이 시키는 대로 했지. 용용도 아이들을 따라 했어. 짝꿍은 여전히 불만 가득한 얼굴로 책을 아무렇게나 꺼내서 팽개쳤어. 그리고 연필과 지우개를 탁탁 소리 나게 올려놓았지. 용용은 짝꿍의 행동을 지켜보며 속으로 생각했어.

'버릇이 나쁘구나용.'

그사이 선생님은 칠판 가득 숫자를 적었어. 그리고 돌아서서 물었지.

"나와서 풀어 볼 사람?"

손을 든 아이들이 앞으로 나가서 문제를 풀었어. 선생님은 문제를 푼 아이들에게 막대 사탕을 주었지.

"잘 풀었어요. 모두 정답이에요."

선생님이 칠판에 새로운 문제를 적기 시작하자 아이들은 엉덩이를 들썩이며 손을 들었어. 용용도 질세라 손을 높이 들었지. 교실은 아이들의 외침으로 가득했어.

"저요."

"저요."

선생님은 손을 든 아이들에게 문제를 풀게 했어. 용용도 아이들과 함께 칠판에 적힌 문제를 풀었어.

덧셈 문제였는데 실눈을 뜨고 풀 수 있을 정도로 쉬웠지. 용용은 몇 백 년을 사는 동안 이것저것 배워두길 잘했다고 생각했어. 선생님은 용용과 아이들이 푼 문제를 살펴보고 엄지를 들어 보였어.

"아주 잘했어요."

그러고는 이번에도 막대 사탕을 하나씩 건넸어. 용용은 선생님이 준 막대 사탕을 들고 자리에 앉았지. 사탕을 감싼 비닐을 벗기자 달콤한 딸기 냄새가 났어. 용용은 입맛을 쩝 다시고 사탕을 입속으로 넣었지. 그때 짝꿍의 눈이 반짝였어. 맛난 사탕 냄새에 저도 모르게 눈이 뜨였던 거야. 선생님이 다시 칠판에 문제를 적어 내려가자 짝꿍은 기다렸다는 듯 손을 번쩍 들었어. 선생님은 이번에도 손 든 아이들을 앞으로 나오라고 했지. 짝꿍도 앞으로 나갔어.

아이들은 열심히 문제를 풀었어. 짝꿍도 처음에는 그랬어. 마지막 자리에 오는 숫자 4를 아주 크게 적었거든. 하지만 가운데 자리는 썼다 지우기를 반복했어. 처음엔 6을 적고, 그다음엔 3, 그다음엔 8, 그리고 2를 쓰더니 나중엔 너무 작게 써서 무슨 숫자인지 알아보지 못할 정도였지. 짝꿍은 손가락으로 곱슬머리를 배배 꼬면서 옆에 있는 아이들을 힐끔거렸어. 아이들은 막 풀이를 끝낸 참이었지.

대굴대굴 눈알을 굴리던 짝꿍은 칠판지우개를 들더니 친구들이 풀어 놓은 숫자를 마구 지웠어. 순식간에 벌어진 일이었지. 문제를 푼 아이들은 울상을 지으며 짝꿍에게 눈을 흘겼어.

선생님이 칠판지우개를 들고 있는 짝꿍의 손을 잡았어.

"이러면 안 돼요."

짝꿍은 대답 대신 손바닥을 내밀었어.

"사탕 줘요!"

선생님은 고개를 가로저었어.

"안 돼요. 그 전에 왜 그랬는지 얘기를 해야죠."

하지만 짝꿍은 막무가내였어. 두 발을 번갈아 쾅쾅 구르며 외쳐 댔지.

"사탕! 사탕!"

짝꿍의 기세에 놀란 아이들은 사탕 같은 건 받을 생각도 못 하고 제자리로 도망쳤어. 선생님이 짝꿍에게 말했어.

"자리로 돌아가요."

하지만 짝꿍은 꿈쩍도 하지 않았어. 선생님은 별 수 없다는 듯 짝꿍의 어깨를 잡아 돌려세웠어. 하지만 짝꿍은 여전히 제자리에서 버텼어.

"에이씨."

짝꿍은 그렇게 말하고 팔을 들어 선생님의 손을 뿌리쳤어. 다음

순간 선생님이 비명을 질렀어.

"아야!"

짝꿍은 손톱이 꽤 길었어. 그렇게 뾰족한 손톱으로 선생님의 손등을 긁어 버린 거야. 선생님의 비명에 짝꿍은 흠칫 놀라는 시늉을 했어. 자리에 앉아 있던 아이들도 놀라긴 마찬가지였어. 저마다 목을 길게 빼고 앞을 내다봤지. 용용도 그랬어.

그런데 짝꿍은 미안해하기는커녕 자리로 돌아오면서 아이들이 앉은 책상을 발로 찼어. 그 바람에 책상 위에 있던 책과 연필, 지우개가

바닥으로 떨어졌지. 연필과 지우개가 제멋대로 굴러가자 교실은 난장판이 됐어.

"어, 내 지우개."

"그건 내 거야!"

"내 지우개는 어디로 갔어?"

"내 연필 좀 주워 줘."

용용은 짝꿍의 버릇을 고쳐 줘야겠다고 생각했어. 그래서 양손으로 허리춤을 짚으며 말했지.

"넌 혼 좀 나야겠다용."

하지만 짝꿍은 되레 큰소리를 쳤지.

"네가 선생님이라도 돼?"

"파바방 콧김을 맛보면 그런 말을 하지 못할 거다용."

용용은 그렇게 말하고 숨을 깊이 들이마시며 볼을 빵빵하게 부풀렸지. 몸속에 공기가 가득 차야 파바방 콧김을 쏠 수 있었거든. 용용의 얼굴이 울긋불긋

해지자 짝꿍은 놀라서 눈이 동그래졌어. 용용은 콧구멍을 한껏 부풀리며 고개를 들어 올렸어.

그때 날다시피 달려온 선생님이 용용을 말렸어.

“안 돼요, 안 돼요! 싸우면 안 돼요!”

용용은 파바방 콧김 대신 참았던 숨을 뱉었어. 용용은 선생님에게 물었어.

“왜 혼내면 안 돼용?”

선생님은 짝꿍과 아이들의 표정을 살피며 얼버무렸어.

“다투는 건 나쁜 일이고, 그리고, 그러니까…….”

용용은 한숨을 내쉬었어.

“답답하네용. 잘못을 하면 혼나고, 그래도 안 들으면 매를 맞아야 하는 거 아니에용?”

깜짝 놀란 선생님이 용용 앞을 막아섰어. 그리고 짝꿍을 보호하려는 듯 등 뒤에 숨겼지. 선생님은 바삐 고개를 저었어.

"폭력은 절대 안 돼요."

짝꿍은 선생님 뒤에 숨어서 용용의 눈치를 살폈어.

용용은 나쁜 행동을 한 아이를 감싸는 선생님이 이해되지 않았어. 백 년 전 어느 날엔가 만난 선생님은 잘못한 아이의 종아리를 회초리로 때렸거든. 그걸 떠올린 용용은 지금도 그때와 다르지 않을 거라고 생각한 거야.

"이해가 안 되네용."

선생님이 차분한 목소리로 말했어.

"폭력은 또 다른 폭력을 부르기 때문에 절대로 안 돼요."

용용은 그 말이 알 것도 같고, 모를 것도 같았어. 폭력이 폭력을 부른다는 건 이해가 됐어. 짝꿍이 폭력을 썼기 때문에 용용도 파바방 콧김을 쏴야겠다고 마음먹었으니 말이야. 그래도 먼저 폭력을 쓴 쪽이 혼나야 한다는 생각은 여전했지. 그러니까 짝꿍이

벌을 받아야 한다는 생각에는 변함이 없었던 거야. 용용이 말했어.

“짝꿍이 먼저 폭력을 썼잖아용. 선생님한테도, 아이들한테도용.”

선생님이 고개를 끄덕였어.

“무슨 말을 하려는지 알아요. 하지만 폭력으로 해결하는 건 좋은 방법이 아니에요. 그보다 더 나은 방법을 찾아야죠.”

“그래도 잘못을 하면 혼나는 건 맞잖아용.”

아이들이 고개를 끄덕이며 용용을 편들었어.

“맞아요.”

“혼나야 해요.”

아이들은 선생님 뒤에 숨은 짝꿍을 못마땅하게 바라봤어.

그때 누군가 말했어.

“제 발을 걸어서 넘어뜨린 적도 있어요. 무릎이

까져서 피가 났는데 사과도 안 했어요."

그 말을 시작으로 너도나도 짝꿍이 잘못한 일들을 쏟아 냈지.

"쉬는 시간에 시끄럽게 한다고 소리 질렀어요."

"머리카락을 잡아당겼어요."

"일부러 때리고 모르는 척했어요."

"급식 먹을 때 맛있는 반찬만 뺏어 먹었어요."

"색연필을 빌려 가서 돌려주지 않았어요."

아이들의 고자질이 계속되자 짝꿍의 얼굴이 붉으락푸르락했어. 잘못을 말한 아이들을 가만두지 않겠다는 듯 노려보았지. 하지만 등 뒤에 있는 짝꿍의 표정을 알 리 없는 선생님은 아이들을 다독였어.

"자, 자, 알겠어요. 이렇게 한꺼번에 얘기하지 말고 나중에 한 명씩 선생님한테 와서 말해요. 선생님이 들어 보고 어떻게 하면 좋을지 말해 줄게요."

아이들은 입술을 삐죽였어. 짝꿍이 저지른 짓들을

얘기하면 선생님이 혼내 줄 거라고 생각했는데 그렇지 않으니 실망했던 거지. 어떤 아이는 짝꿍의 눈치를 보며 고자질한 걸 후회하기도 했어. 나중에 해코지당하면 어쩌나 걱정이 되었거든. 보다 못한 용용이 나섰어.

"선생님은 왜 잘못한 애를 감싸용?"

그 말을 들은 아이들이 고개를 끄덕였어. 모두 용용과 생각이 같았던 거지. 선생님이 달래듯 말했어.

"감싸는 게 아니에요. 다 같이 몰아가는 것처럼 누군가의 잘못을 얘기하는 게 좋지 않아서예요."

그러자 짝꿍이 목소리를 높였어.

"맞아. 너희들이 나빠."

잘못을 한 짝꿍이 되레 큰소리를 치니 아이들은 기가 막혔어. 용용도 눈에서 불이 나는 것 같았지.

"넌 악당이냐용?"

짝꿍이 소리쳤어.

"악당 아니야!"

그 순간 아이들이 한목소리로 외쳤어.

"악당이야!"

"악당이야!"

선생님은 진땀을 빼며 아이들을 말렸어.

"이러면 안 돼요."

짝꿍과 아이들은 서로를 잡아먹을 듯 노려봤지. 보다 못한 용용이 짝꿍에게 말했어.

"그럼 증명해 봐라용."

짝꿍은 용용을 빤히 바라봤어.

"네가 악당이 아니란 걸 증명해 봐라용."

아이들이 용용의 말에 고개를 끄덕였어. 짝꿍을 향해 증명해 보라는 말들이 쏟아졌지. 짝꿍은 입술을 삐죽이며 울상을 지었어. 선생님은 한숨을 내쉬었지.

"선생님이 잘 타이를게요."

또다시 못마땅한 목소리들이 터져 나왔지.

"선생님은 왜 쟤 편만 들어요?"

선생님은 손을 내저었어.

"누구 편을 드는 게 아니에요. 여기 있는 모두가 선생님이 보호해야 할 학생이기 때문이에요."

말을 끝낸 선생님은 짝꿍의 어깨에 손을 얹었어. 짝꿍은 자기 어깨에 놓인 선생님의 손을 봤지. 그러다 선생님 손등에 난 상처도 보게 됐어. 짝꿍이 떨리는 목소리로 말했어.

"선생님 손에 피가 나요."

선생님은 놀란 얼굴을 했어. 그리고 아이들이 보지 못하게 다른 손으로 얼른 상처를 가렸지.

"별거 아니에요. 괜찮아요."

하지만 아이들도 선생님의 상처를 봤어. 물론 용용도 봤고. 아이들의 걱정하는 목소리가 이어졌어.

"흉 지면 어떡해요."

"얼른 약 바르세요."

"맞아요. 보건실 다녀오세요."

용용도 한마디 보탰어.

"상처는 바로 치료해야 돼용."

선생님은 아이들의 마음 씀씀이가 고마웠어. 하지만 수업 시간에 학생들만 두고 보건실을 다녀올 수는 없다고 생각했지.

"걱정해 줘서 고마워요. 선생님이 알아서 할게요."

선생님은 아이들이 안심할 수 있도록 활짝 웃어 보였어. 그래도 아이들은 걱정을 멈출 수 없었지. 얼마나 걱정했던지 짝꿍에 대한 미움도 잊어버릴 정도였어.

짝꿍도 선생님이 감춘 상처에서 눈을 떼지 못했지. 자기 때문에 선생님이 다쳤다는 사실에 어지간히 놀란 게 분명했어.

소란이 잦아들자 선생님이 말했어.

"수업을 마저 하도록 할게요."

용용은 자기 몸을 돌보는 것보다 아이들을 먼저 생각하는 선생님이 대단하다고 생각했어. 그런 생각이 들수록 짝꿍을 괘씸해하는 마음은 점점 커졌지.

자리에 앉은 짝꿍은 고개를 푹 숙이고 있었어. 무슨 생각을 하는지는 알 수 없었지. 잠시 뒤 짝꿍이 곁눈으로 용용을 힐긋거렸어. 용용은 이상한 낌새를 눈치채고 고개를 돌렸지. 용용과 눈이 마주친 짝꿍은 모기가 앵앵거리는 것 같은 소리로 말했어.

"그렇게 보지 마."

용용도 작은 소리로 대꾸했어.

"어떻게 본다는 거냐용?"

짝꿍은 고개를 숙이며 중얼거렸어.

"나도 내가 잘못한 거 알아."

그 순간 용용은 짝꿍이 조금은 달리 보였어. 어쩌

면 짝꿍이 아주 나쁜 아이는 아닐지도 모른다는 생각이 들었던 거야. 그렇대도 잘못을 저지른 게 아예 없던 일이 될 수는 없었지. 짝꿍은 손으로 자기 머리를 감쌌어. 그리고 들릴 듯 말 듯 말했지.

"알고는 있는데……."

잠시 말을 멈춘 짝꿍은 고개를 들어 용용과 눈을 맞췄어. 그리고 울상이 된 얼굴로 물었지.

"악당이 아니라는 걸 어떻게 증명해?"

용용은 짝꿍이 거짓말을 하는 게 아니라는 걸 알 수 있었어. 몇 백 년을 살았으니 그 정도 눈치는 있고도 남았지. 용용은 짝꿍이 잘못을 뉘우치고 있다면 용서를 구할 기회를 얻는 게 당연하다고 생각했어.

"사과를 하면 된다용."

짝꿍의 눈이 반짝였어. 하지만 곧 시들한 목소리로 말했어.

"못 할 거 같아."

"왜 못 한다는 거냐용?"

짝꿍이 입술을 깨물며 말했어.

"하, 한 번도 해 본 적이 없어."

용용은 그럴 수 있다고 생각했어. 칭찬도 자꾸 해야 버릇이 되는 것처럼 사과도 마찬가지였지. 뭐든 처음이 어렵고 힘든 법이었어. 용용은 지금 짝꿍에게 필요한 게 뭔지 알 거 같았어. 어쨌거나 짝꿍에게는 콧김이 좀 필요할 거 같았어. 파바방 콧김이 아니라 피비빅 콧김 말이야. 피비빅 콧김은 살랑거리는 바람 같은 콧김인데 얼어붙은 마음을 따뜻하게 만드는 효과가 있었지.

용용은 짝꿍에게 말했어.

"나를 똑바로 보라용."

짝꿍은 어리둥절한 얼굴로 용용을 바라봤어. 그 순간 용용은 짝꿍에게 피비빅 콧김을 쏘았어. 그건 너무 약한 바람 같아서 짝꿍 말고는 아무도 알아챌 수 없었어. 용용의 콧김을 맞은 짝꿍의 얼굴이 한결 부드러워졌어. 용용은 주문을 걸듯 말했어.

"용기를 내라용."

그사이 쉬는 시간을 알리는 음악이 들렸지. 자리에서 일어난 짝꿍은 선생님에게 갔어. 그리고 망설임 없이 말했어.

"잘못했어요."

선생님은 놀란 얼굴로 짝꿍을 봤어. 짝꿍은 다시 한번 말했어.

"정말 죄송해요. 다음부턴 안 그럴게요."

선생님의 얼굴에 미소가 번졌어. 선생님이 짝꿍의 손을 잡았어.

"앞으로도 이렇게 다정하면 좋겠어요. 얼굴을 찌푸리고 있으면 자꾸 싸우게 되니까 웃는 얼굴을 하면 좋겠고요."

짝꿍은 천천히 고개를 끄덕였어. 선생님은 다른 아이들이 들을 수 없는 작은 소리로 말했어.

"친구들에게도 사과할 수 있나요?"

짝꿍 말고는 들을 수 없는 그 말을 용용은 똑똑히

들을 수 있었어. 용용은 대단한 청력을 갖고 있었거든. 숲속에서 오래 살다 보면 그 정도 청력을 갖는 건 그다지 특별한 일도 아니었지. 어쨌거나 그 말을 들은 짝꿍이 아이들을 향해 돌아섰어. 그리고 큰 목소리로, 아주 큰 목소리로 말했지.

"애들아, 미안해. 내가 잘못했어."

짝꿍의 말을 들은 아이들은 처음엔 어리둥절했어. 잠시 짝꿍이 무슨 말을 한 건지 되새기는 눈치였지. 잠시 뒤 누군가 "오~" 하며 감탄하는 소리를 냈어. 그 소리를 시작으로 박수 소리가 이어졌지. 아이들의 박수는 짝꿍의 사과를 받아주는 신호였어. 짝꿍은 쑥스러운 얼굴로 용용을 봤어. 용용도 짝꿍을 봤지. 용용은 짝꿍을 향해 엄지손가락을 치켜세웠어. 칠판에 적힌 문제를 풀었을 때 선생님이 그랬던 것처럼 말이야.

쉬는 시간에 짝꿍이 아이들과 어울리는 걸 지켜본

용용은 선생님에게 갔어. 선생님이 고개를 들어 용용을 봤지. 용용은 속에 담아 두었던 말을 꺼냈어.

"선생님은 제가 만난 선생님 중에 가장 친절한 분이에용."

이건 사실이었어. 그동안 만난 사람 중에 선생님처럼 다정하고 상냥하게 말하는 사람은 본 적이 없었거든. 선생님은 용용의 말에 놀란 표정을 짓더니 이렇게 말했지.

"그 말을 들으니 정말 잘해야겠다는 생각이 드네요. 고마워요."

그때 다시 수업을 알리는 음악 소리가 울렸지.

걱정을 놓아요

그새 점심시간이 됐어. 점심을 먹은 아이들은 하나둘 운동장으로 나갔지. 수업이 시작되기 전까지 신나게 놀려는 거였어. 용용도 아이들을 따라 운동장으로 나갔어.

운동장은 쏟아져 나온 아이들로 북적북적했어.

무리를 지어 공놀이도 하고, 놀이기구를 오르내리고, 쫓고 쫓기는 놀이를 하며 뛰어다녔지. 용용도 아이들과 섞여 신나게 놀았어. 그러다 수상한 아이를 보게 되었지. 그 아이는 조금 전까지 정글짐 맨 꼭대기에 있었어. 그런데 지금은 어떤 아줌마 뒤를 몰래 따라가고 있었지. 호기심이 생긴 용용은 아이를 쫓아가 보기로 했어.

아이는 발소리를 내지 않으려는지 까치발로 걸었어. 조심성 많은 고양이가 살금살금 걷는 것처럼 말이야. 용용도 아이의 걸음을 흉내냈지. 아이가 아줌

마에게 들키지 않으려는 것 같아서 따라 한 거야.

아줌마는 계단을 오르고 복도를 돌아서 교실 앞에 섰어. 아이도 얼마쯤 떨어진 곳에서 몸을 숨기고 멈췄지. 용용은 아이 등 뒤에 서서 뭘 하나 지켜봤어. 아이는 아줌마에게 신경 쓰느라 용용이 바짝 붙어 있는 것도 알아채지 못했어.

아줌마가 교실을 기웃거리자 안에 있던 선생님이 나왔지. 키가 큰 남자 선생님이었어. 아이는 아줌마

와 선생님을 몰래 훔쳐봤어. 대화 내용을 듣고 싶은지 귀를 쫑긋 세우고 말이야. 하지만 용용은 아줌마와 선생님의 대화가 저절로 들렸어. 대단한 청력을 가졌으니 당연한 일이었지.

"안녕하세요. 어쩐 일이세요?"

선생님의 질문에 아줌마가 대꾸했지.

"요즘 우리 애가 좀 힘들어하는 것 같아요."

선생님의 놀란 목소리가 이어졌지.

"네? 무슨 문제라도……."

"학교 얘기만 하면 얼굴이 어두워져요."

"뭐라고 하던가요?"

아줌마는 한숨을 내쉬었어.

“뭐라고 말이나 하면 제가 학교에 왔겠어요. 아무리 물어도 대답을 안 해요. 학교 얘기만 하면 꿀 먹은 벙어리처럼 입을 꾹 다문다니까요. 얼굴빛도 어두워지고요. 제 생각엔 우리 애를 괴롭히는 아이가 있는 것 같아요? 그렇죠, 선생님?”

선생님의 걱정하는 목소리가 이어졌지.

“글쎄요, 지난번에도 같은 말씀을 하셨잖아요. 제가 따로 불러서 얘기도 하고, 알아보기도 했는데 특별한 건 없었어요. 친구들하고도 아주 잘 지내고 있고요.”

아줌마는 못 믿는 눈치였어.

“선생님이 잘 모르시는 것 같아요. 누군가 우리 애를 괴롭히는 게 분명하다니까요. 선생님이 교실에서 일어나는 일을 다 알고 계신 건 아니잖아요. 안 그런가요?”

"네에, 그렇긴 하지만……."

선생님은 말을 얼버무렸어.

아이는 대화 내용을 더 잘 들으려는지 몸을 앞으로 기울였어. 그러다 벽을 잡은 손이 미끄러지면서 버둥거렸지. 용용은 재빨리 아이를 붙잡았어. 만약 용용이 붙잡지 않았다면 넘어져서 다칠 뻔했거든. 아이는 휘둥그레진 눈으로 용용을 봤어.

용용이 물었지.

"괜찮냐용?"

아이는 도망갈 곳을 찾느라 허둥댔어. 용용은 그런 아이의 팔을 잡았어.

"왜 도망가려고 하냐용? 나쁜 짓을 했냐용?"

아이가 억울한 얼굴을 했어.

"아니야."

"그럼, 왜 그러냐용?"

아이는 작은 소리로 중얼거렸어.

"창피해서 그래."

"뭐가 창피하냐용?"

아이는 대답 대신 아줌마와 선생님이 있는 쪽을 힐긋거렸어. 용용이 물었지.

"아는 사람이냐용?"

머뭇거리던 아이가 말했어.

"우리 엄마야."

그러는 동안에도 아줌마와 선생님은 계속 이야기를 나누었지. 근처에 아이와 용용이 있다는 걸 까맣게 모른 채 말이야.

"엄마가 왜 창피하냐용?"

용용의 물음에 아이가 말했어.

"날마다 학교에 오니까 창피하지."

"왜 엄마가 날마다 학교에 오냐용?"

아이는 입을 꾹 다문 채 바닥만 내려다봤어. 절대 말하지 않겠다는 듯 용용의 눈을 피하기까지 했지.

아무리 기다려도 답을 들을 수 없자 용용이 말했지.

"내가 너희 엄마 좀 만나 봐도 되냐용?"

아이가 놀란 얼굴로 용용을 쳐다봤어.

"만나서 뭐 하게?"

"말이나 해 보려고 그런다용."

아이는 허둥지둥 용용을 말리려고 했어. 하지만 소용없었지. 그새 용용이 복도를 성큼성큼 걷고 있었거든. 아이는 이러지도 저러지도 못한 채 무슨 일이 벌어지나 힐끔거리기만 했어.

용용은 아줌마와 선생님을 향해 걸어갔어. 가까이 갈수록 대화가 더 잘 들렸어.

아줌마가 말했어.

"제 말이 맞아요. 그러니까 선생님이 잘 좀 살펴 주세요. 우리 애한테 관심도 가져 주시고요. 지난번에도 말했지만 부탁 좀 드릴게요."

"알겠습니다. 제가 좀 더 신경을 쓰겠습니다. 너

무 걱정하지 마세요.”

선생님이 그렇게 말해도 아줌마는 미덥지 않은 눈치였지.

“학교를 안 보낼 수도 없고…….”

그때 용용이 끼어들었어.

“실례할게용.”

아줌마가 놀랐어.

“어머나, 용이네?”

“용용이라고 해용.”

선생님이 반가운 얼굴로 말했어.

“오늘 새로 온 용용이 바로 너구나.”

“네, 맞아용. 제가 바로 그 용용이에용.”

아줌마가 궁금한 얼굴로 물었어.

“그런데 무슨 일이니?”

용용은 아줌마를 보며 말했어.

“물어볼 게 있어서용.”

"물어보렴."

"아줌마는 학생이에용?"

아줌마가 고개를 저었지.

"아니."

"그럼, 앞으로 입학할 건가용?"

아줌마가 어이없다는 듯 용용을 내려다봤어.

"얘, 나는 학생이 아니고 학부모야."

용용은 고개를 갸웃거렸어.

"학생도 아니면서 왜 날마다 학교에 와용?"

아줌마는 말문이 딱 막혔어.

"공부하러 와용?"

"아니, 그게 아니라……."

말끝을 흐리던 아줌마는 선생님을 보며 물었어.

"선생님, 얘 뭐예요?"

보다 못한 선생님이 용용에게 설명했어.

"용용아, 이분은 우리 반 학생의 어머님이신데,

학교에 볼일이 있어서 오신 거야. 그러니 이제 질문은 그만하렴."

용용은 궁금한 게 산더미 같았지만 선생님 말을 듣기로 했어. 하지만 꼭 해야겠다고 생각한 말은 아직 남아 있었어. 그건 숨어서 지켜보고 있는 아이가 했던 말이었지. 용용이 생각하기에 그 말은 아이의 속마음이나 마찬가지였어. 입 밖으로 말하기는 어렵지만 말을 안 해도 알아주면 좋겠다고 생각하는 마음 말이야. 가끔은 그런 속마음을 누군가 대신 말해 줄 필요가 있지. 용용은 그게 지금이라고 생각했어.

"근데용, 만약 아줌마가 우리 엄마라면 창피할 것 같아용."

"뭐어?"

아줌마가 놀란 얼굴로 눈을 동그랗게 떴어.

"그렇잖아용. 엄마가 계속 학교에 오면 애들이 물어볼 텐데 뭐라고 대답해용? 공부하러 오는 학생도 아니면서 왜 자꾸 오냐고 물으면 대답하기 힘들잖아용.”

아줌마의 얼굴이 벌게졌어.

“아니, 그러니까, 그게…… 나는 그냥 우리 애가 걱정돼서 온 거야. 문제가 있는 것 같은데 말하지 않으니까 확인하러 온 거고. 그런데 내가 이걸 너한테 일일이 설명해야 하니?”

용용은 어깨를 으쓱였어.

“저한테 그럴 필요는 없지용. 그래도 이건 말하고 싶네용. 걱정돼도 그냥 내버려둬용.”

아줌마는 어이가 없다는 듯 콧방귀를 뀌었어.

“자식 일인데 어떻게 걱정을 안 하니? 엄마들은 원래 다 걱정이 많아.”

바로 그때였어.

“엄마!”

숨어 있던 아이가 날카로운 목소리로 외치며 뛰쳐

나온 거야. 모두의 시선이 아이에게 쏠렸지. 아이가 성큼성큼 다가오자 아줌마가 말했어.

"너 왜 여기 있어? 애들이 같이 안 놀아 주는 거야?"

아이가 한숨을 내쉬었어.

"그런 거 아니야."

하지만 아줌마는 자기 생각이 맞다고 믿는 눈치였어. 아줌마는 아이와 선생님을 번갈아 보며 말했지.

"마침 선생님도 계시니까 말해 봐. 선생님이 다 해결해 주실 거야. 그렇죠, 선생님?"

선생님은 떨떠름한 얼굴로 고개를 끄덕였어.

"아, 네. 뭐……."

그때 아이가 말했지.

"그런 거 아니래도. 엄마만 학교에 오지 않으면 돼."

아줌마는 놀란 얼굴로 아이를 빤히 바라봤어. 아이도 자기 엄마를 똑바로 마주 봤지. 아이는 단단히 각오한 듯 침을 꿀꺽 삼켰어. 그건 용기를 끌어모으기 위한 준비였어. 마침내 아이가 말했어.

"용용 말이 맞아. 그게 내가 엄마한테 하고 싶은 말이었어."

어리둥절해하던 아줌마가 확인하려는 듯 물었어.

"그러니까, 네가 하고 싶다는 말이, 엄마가 학교에 오는 게 창피하다는 거야?"

아이는 천천히 고개를 끄덕였어.

아줌마는 한동안 입술을 잘근잘근 씹었어. 그리고

다시 물었지.

“애들한테 괴롭힘을 당하거나 다른 문제가 있는 건 아니고?”

아이는 이번에도 고개를 끄덕였어. 아줌마는 한숨을 내쉬었어.

“그럼 엄마가 물을 때마다 왜 꿀 먹은 벙어리처럼 말을 안 했어?”

아이는 엄마를 쳐다보기만 할 뿐 쉽게 입을 열지 못했어. 하고 싶은 말이 많은 것 같은데 무슨 말부터 하면 좋을지 갈피를 못 잡는 것처럼 보였지. 아이가 생각에 잠겨 있는 동안 아줌마는 눈을 깜빡이며 대답을 재촉했어. 선생님도 아이의 어깨를 토닥이며 괜찮으니 말하라는 몸짓을 보였지. 그래도 꾹 다문 아이의 입은 벌어질 줄 몰랐어.

보다 못한 용용이 말했어.

“그냥 시작하라용. 그럼 하고 싶은 말이 저절로

나온다용."

아이는 혀로 입술을 축이고 힘겹게 말했어.

"힘들어서 그랬어요. 엄마가 자꾸 물어보고, 또 물어보고, 너무 많이 물어보니까, 그러니까 대답하기 힘들고……. 공부하는 것도, 친구들하고 지내는 것도 다 괜찮은데, 진짜 아무 일도 없는데, 엄마는 왜 그러냐고 하고, 뭐가 문제냐고 하니까, 그래서 그냥 말하기 싫고, 대답하기가 싫었어요."

그 말을 들은 아줌마의 손이 떨렸어. 아줌마는 마음을 가라앉히려는지 호흡을 몰아쉬었어. 그걸 본 아이가 고개를 숙이며 중얼거렸어.

"미안해, 엄마."

아줌마는 입술이 납작해지도록 꾹 다물었어. 마치 울음을 참으려는 것처럼 말이야. 아줌마는 깊게 숨을 내뱉고 서둘러 말했어.

"아니야, 아니야, 엄마가 미안해. 엄마가 잘못한

거야. 너무 많이 물어보고, 괜한 걱정만 하느라 이렇게 힘들어하는 줄도 모르고. 이제 안 그럴 테니까 힘들어하지 마. 진짜 미안해."

아줌마는 몸을 낮춰 아이를 안았어. 그러자 아이의 얼굴이 한결 편안해졌지. 그 모습을 지켜본 용용이 말했어.

"그럼, 이제 학교에는 안 오시겠네용."

아줌마가 멋쩍은 얼굴로 말했어.

"아무래도 그래야겠네. 선생님도 그동안 저 때문에 힘드셨겠어요. 죄송해요"

선생님이 손을 내저으며 말했어.

"괜찮습니다. 그리고 아예 안 오시면 안 되고요. 오셔야 할 때는 꼭 오셔야 합니다."

용용도 선생님 말을 거들었어.

"그게 좋겠네용. 자주 오지는 말고 꼭 와야 할 때만 오는 걸로 하세용."

모두 흐뭇해하니 용용의 마음도 몽실몽실 가벼워지는 것 같았지. 그래서 하마터면 푸르릉 콧김을 내뿜을 뻔했어. 하지만 용케도 규칙을 떠올렸고 푸르릉 콧김을 뿜는 대신 흐뭇한 표정을 지을 수 있었지.

선생님이 손목에 찬 시계를 확인하더니 말했어.

"점심시간이 조금 남았으니까, 운동장에서 마저 노는 건 어떨까?"

용용과 아이가 동시에 대답했지.

"좋아요."

"좋아용."

아이는 운동장을 향해 뛰어갔어. 용용은 느릿느릿 아이를 따라갔어.

아줌마 역시 집으로 가기 위해 운동장으로 나왔지. 아줌마는 학교 밖으로 나가기 전에 걸음을 멈추고 아이를 돌아봤어. 아이는 그새 정글짐을 오르고 있었어.

용용이 물었어.

"아직도 걱정돼용?"

아줌마가 고개를 저었어.

"아니. 그냥 한 번 더 보는 거야. 엄마들은 그렇거든. 봐도 봐도 예쁘니까."

"참나, 엄마들은 진짜 못 말리겠네용. 그래도 걱정은 안 하셔도 돼용. 아까 보니까 친구들하고 엄청나게 잘 놀더라고용. 용의 이름을 걸고 맹세할 수 있어용."

아줌마가 용용을 향해 빙긋이 웃었어.

"오늘 고마웠다."

용용은 아줌마의 뒷모습을 한참 지켜보다 아이들이 모여 있는 곳으로 달려갔어.

"얘들아, 같이 놀자용."

용용의 목소리가 운동장에 쩌렁쩌렁 울려 퍼졌지.

어느덧 수업이 모두 끝났어.

용용은 떠날 채비를 했지. 챙겨 온 것이 없으니 챙겨 갈 것도 없었어. 그냥 홀가분하게 떠나면 그만이었지. 담임 선생님은 문 앞에 서서 아이들 한 명 한 명에게 잘 가라는 인사를 했어. 용용에게도 그랬지.

"오늘 잘 지내 줘서 고마워요."

용용도 선생님에게 인사를 했어.

"잘 가르쳐 줘서 고마워용."

용용이 막 교문을 나서려는데 익숙한 목소리가 들렸어.

"잠깐만!"

목소리의 주인공은 교장 선생님이었어.

"이제 집에 가나요?"

용용은 돌아서서 말했어.

"네, 이제 집에 가용. 만나서 반가웠어용."

교장 선생님이 궁금한 얼굴로 물었어.

"내일은 안 올 건가요?"

용용은 고개를 갸웃거렸지.

"그건 잘 모르겠어용."

교장 선생님은 아쉬운 표정을 지었지만 그저 고개를 끄덕였어.

그렇게 용용은 처음 왔던 것처럼 씩씩한 걸음

으로 교문을 나섰지. 잠깐 돌아보니 교장 선생님이 손을 흔드는 모습이 보였어. 용용도 교장 선생님을 향해 손을 흔들었어. 다시 돌아선 용용은 성큼성큼 걷고 총총총 뛰다가 우다다다 달렸지. 그러다 보니 어느새 연못이 보이기 시작했지.

집으로 돌아온 용용은 연못 깊숙이 자리를 잡고 누웠어. 꼬리를 말아서 안으니 저절로 눈이 감겼지. 용용은 학교에 다녀오길 잘했다고 생각했어. 달콤한 졸음과 함께 학교에서 만난 얼굴들이 하나둘 떠올랐지.

"초대장을 받으면 또 가야겠다용."

용용은 그렇게 중얼거리며 깊은 잠에 빠져들었어.

용용은 한번 잠들면 아주 오랫동안 잠을 잤어. 그러니 언제 용용이 연못 밖으로 다시 나올지는 알 수 없었지. 그거야말로 용용 마음이었거든. 용용을 다시 보고 싶다고? 그렇다면 초대장을 준비하면 돼. 용용의 마음을 움직이게 할 초대장이면 뭐든 괜찮거든.

학교에서 들을 수 있는 소리를 떠올려 봅니다.

아이들의 웃음소리와 선생님의 웃음소리,
아이들이 친구를 부르는 소리와
선생님이 아이들을 부르는 소리,
질문하는 선생님의 소리와 대답하는 아이들의 소리,
선생님이 칠판에 글자를 적는 소리,
아이들이 공책에 글자를 적는 소리,
수업 시간과 쉬는 시간을 알리는 소리,
점심시간에 그릇이 달그락대는 소리, 냠냠 쩝쩝 씹는 소리,
후루룩 국을 떠먹는 소리,
그리고 운동장의 왁자지껄한 소리까지.

그러다 어느 날, 절대 들려서는 안 될 소리가 났어요.
누군가 홀로 우리 곁을 떠나간 소리였죠.
학교에서 소리가 사라지자, 교실에는 새하얀 국화가 놓이고
선생님들은 거리로 나섰어요.

선생님들이 없기에, 아이들은 학교에 갈 수 없었죠.
아이들도 아프고, 선생님들도 아픈 시간이 흘러가는 동안
우리에게는 질문이 숙제처럼 남았습니다.

학교가 모두에게 편안한 공간일 수는 없을까?
행복한 소리로만 채워질 수는 없을까?
학교에 머무는 동안만이라도 불행을 접어둘 수는 없을까?

그 질문들을 되새기며 이야기를 지었습니다.
서로의 등을 토닥이며 조금씩 나아가길 바라는 마음으로요.
누구보다 학교가 행복한 곳이길 꿈꾸는 아이들과
선생님들을 응원합니다. 언제까지나 그러겠습니다.

오시은

용용의 학교 점령기

오시은 글 | 은돌이 그림
초판 1쇄 발행 | 2024년 12월 5일
펴낸이 | 최윤정
만든이 | 김민령 안의진 유수진
디자인 | 이아진
펴낸곳 | 바람의아이들
등록 | 2003년 7월 11일(제312-2003-38호)
주소 | 03035 서울특별시 종로구 필운대로 116 (신교동) 신우빌딩 501호
전화 | (02)3142-0495 팩스 | (02)3142-0494
이메일 | barambooks@daum.net
제조국 | 한국
구독 연령 | 8세 이상

ISBN 979-11-6210-237-4 74800
978-89-90878-15-1(세트)